LE CANCER

NOUVELLES LUMIÈRES
ET SOLUTION D'UN VIEUX PROBLÈME

PAR

LÉON HÉBERT

HYGIÉNISTE

Le Caire (Egypte)

PRIX : 1 FRANC

LYON
ASSOCIATION TYPOGRAPHIQUE
H. GABRION, rue de la Barre, 12

1912

LE CANCER

NOUVELLES LUMIÈRES
ET SOLUTION D'UN VIEUX PROBLÈME

PAR

LÉON HÉBERT

HYGIÉNISTE

Le Caire (Egypte)

PRIX : 1 FRANC

ASSOCIATION TYPOGRAPHIQUE, RUE DE LA SARRE, 12, LYON

LE CANCER

NOUVELLES LUMIÈRES
ET SOLUTION D'UN VIEUX PROBLÈME

> « Il ne s'agit plus de fabriquer des
> « mythes verbaux, mais d'étudier ce que
> « fait la NATURE et ce qu'elle com-
> « porte. »
> BACON.

CONSIDÉRATIONS GÉNÉRALES BIOLOGIQUES SUR LES PÉRILS DE L'ALIMENTATION (CRÉATION DU TERRAIN PRÉ-CANCÉREUX PAR INSUFFISANCE HÉPATIQUE).

ORIGINE ÉTIOLOGIQUE DU CANCER PAR FAILLITE DE LA CELLULE HÉPATIQUE ET ACCUMULATION CONSÉCUTIVE D'ACIDE OXALIQUE DANS LE SANG (OXALOTOXIHÉMIE).

LA TOXIHÉMIE OXALIQUE CRÉE LA DÉFORMATION ET L'HYPERTROPHIE CONSÉCUTIVE DES CELLULES HÉMATIQUES ET DE CERTAINES CELLULES MALADIVES DES TISSUS DE L'ORGANISME (POECILOCYTOSE ET NÉOPLASMES).

TRAITEMENT DU CANCER :

    CURATIF (HÉPATIQUE, LOCAL ET GÉNÉRAL) ;
    PRÉVENTIF (HYGIÈNE ALIMENTAIRE ET GÉNÉRALE).

CONCLUSIONS

LE CANCER

CONSIDÉRATIONS GÉNÉRALES BIOLOGIQUES

SUR LES PÉRILS DE L'ALIMENTATION

(CRÉATION DU TERRAIN PRÉ-CANCÉREUX)

MALADIES DE LA NUTRITION

**(Pléthore, Obésité, Arthritisme, Glycosurie, Albuminurie,
Neurasthénie, Cancer, etc., etc.)**

Après l'enthousiasme pour les théories cellulaires est venu
l'engoûment pour les études bactériologiques, qui caractérisent
l'étape actuelle de la médecine et que légitime d'ailleurs dans
une certaine mesure, l'attrait de la nouveauté, mais qui risque
souvent de trop reléguer dans l'ombre la notion si complexe de
terrain, notion dont les physiologistes s'efforcent de dévoiler les
secrets. Les facteurs qui conditionnent la genèse et l'évolution
des processus morbides ne peuvent être simples et, en particulier,
pour ce qui concerne le cancer.

Quoi qu'il en soit, la médecine doit tendre, de plus en plus, à
devenir biologique ; et c'est avec cette intuition qu'il importe
d'aborder l'étude du cancer.

Je me propose d'établir que le cancer n'est qu'un syndrôme clinique, résultant d'une toxi-hémie qui a créé un terrain spécial
cachectisé, dans lequel évoluera le néoplasme avec des modalités
diverses, suivant la situation et la composition locale du terrain
cellulaire.

J'ai exposé à titre d'hygiéniste et à plusieurs reprises sous la
rubrique de « Maladies Sociales » que l'alcoolisme, ce poison de
l'humanité, était le père de la tuberculose et de la syphilis, par le
fait qu'il crée en nous une intoxication et une détérioration des
cellules vitales de notre organisme. J'ai expliqué en détails

comment l'alcool en déshydratant peu à peu et continuellement le protoplasma cellulaire arrivait à le scléroser par l'apport de dépôt consécutif calcifiant de cholestérine et de sels de chaux. Il en est de même pour les germes reproducteurs. En effet, le savant professeur Forel, de Suisse, grand chef de la Ligue antialcoolique, a appelé cette dégénérescence des germes « blastophthorie » et a longuement développée cette idée dans son traité « sur la blastophthorie » ; mais il n'a pas donné, à ma connaissance du moins, l'explication biochimique que je viens de donner et qui m'est particulière.

Dans les lignes qui suivent, je vais montrer quels sont les périls de l'alimentation qui créent en nous le minimum de résistance de nos cellules. Je montrerai que l'ingestion de liquides alcooliques et de substances carnées surtout, que l'excès d'alimentation ensuite, comme quelquefois l'insuffisance de l'alimentation et le mauvais air respiré souvent, sont autant de facteurs qui mènent l'organisme, soit directement, soit par prédisposition héréditaire, à une foule de maladies dont les plus importantes sont la pléthore, l'obésité, l'arthritisme, la glycosurie, l'albuminurie, la neurasthénie, le cancer, en un mot, à la diathèse hyperacide oxalo-urato-urique. Celle-ci est créée par le ralentissement de la nutrition qui lance dans notre circulation sanguine le poison oxalique.

C'est-à-dire que l'humanité, d'une façon générale, et pour bien faire comprendre à tous ma pensée, s'acidifie et s'oxalifie.

Il paraît tous les jours des articles médicaux très bien faits où l'on parle des normaux, sous-normaux et sus-normaux. Il est utile que j'en dise ici quelques mots comme préliminaires explicatifs.

L'*homme normal* a une taille qui varie entre 1 m. 50 et 1 m. 80, et son poids à l'âge adulte, est égal en kilog au chiffre qui représente le nombre de centimètres qu'il a au-dessus du mètre, diminué de 4 kilogs. Ainsi, pour légitimer un poids de 70 kilogs, il faut avoir une taille de 1 m. 74. L'appétit doit être régulier, l'haleine bonne, la digestion silencieuse, le sommeil calme. La douleur et la sensation de fatigue au réveil sont l'indice d'une alimentation mal graduée. L'examen des urines et du sang ne doit rien révéler d'anormal et le foie doit fonctionner normalement.

Le *sous-normal* est maigre, malingre, toujours fatigué, irritable, son sommeil est défectueux. La douleur, la respiration difficile, les troubles de la circulation, l'hypotension, sont des phénomènes constants chez lui. L'urine a une densité légère et une teneur faible en azote. La digestion s'accompagne de dyspepsies hypochlorhydriques, de pesanteurs abdominales, d'alternatives de diarrhée et de constipation ; les selles sont fétides. Il résiste mal aux infections, mais il s'use moins vite que le sus-normal. Son foie est paresseux ou a été surmené.

Les causes nombreuses sont, en général : une alimentation mal réglée, l'atonie gastrique, une sécrétion insuffisante du suc gastrique, une insuffisance vasculaire, une sécrétion du plasma par mauvais fonctionnement des émonctoires (épuration cutanée, rénale ou pulmonaire mauvaise), une maladie microbienne latente ou encore une phobie gastrique. L'examen du sang et des urines présente des anomalies.

Le *sus-normal* est en général un pléthorique, or, le mot pléthore qui étymologiquement veut dire « être plein » n'est que le prélude de l'obésité. Si le pléthorique est en général un sus-normal non taré et sanguin, dont les organes hématopoiétiques sont en suractivité, il aboutira fatalement à l'augmentation de sa masse sanguine et à sa richesse exagérée. Au contraire, parmi les individus qui ont une nourriture défectueuse, les uns mangent trop peu, ce sont des sous-normaux par inanition absolue, d'autres n'assimilent pas suffisamment, ce sont des sous-normaux par inanition relative.

Le pléthorique sanguin n'est pas nécessairement un obèse floride, mais il le devient fort souvent ; tout comme il peut devenir diabétique, goutteux et hypertendu. En tout cas, ses descendants sont dans une proportion imposante des obèses, même dès le jeune âge. Le pléthorique est actif et mange beaucoup, se suralimente facilement, c'est-à-dire surmène son foie. Tant que l'activité est grande, l'engraissement qui résulte de cette suralimentation se fait peu sentir et ne produit que l'adipose du tissu conjonctif, mais vers quarante-cinq ans, vu l'encrassement fonctionnel des organes, cette activité se ralentit, et comme d'autre part, l'appétit vorace est souvent conservé, la surcharge graisseuse augmente et envahit insensiblement tous les viscères. L'obésité est ainsi constituée, avec tous les accidents qui en découlent, accidents consécutifs à la diathèse hyperacidurique, laquelle prend naissance *ipso facto*. Dyspnée d'effort intermittente, puis continue, migraines, bourdonnements d'oreilles, troubles cardiaques, inflammation des muqueuses et de la peau, et apparition du masque hépatique. Ce mot étant de moi, je m'en explique. Il arrive très souvent que chez les individus porteurs d'une infection par ralentissement de la nutrition, que cette infection soit d'origine sclérosante, alcoolique ou non alcoolique, on voit se former sur la peau du visage et du tronc et même des membres supérieurs, des taches lenticulaires, petites, jaunes, connues sous le nom d'éphélides. Ces taches sont autant de petits dépôts de cholestérine sécrétée en excès par le foie qui se surmène pour neutraliser les toxines alimentaires abondantes.

C'est très souvent à ce moment que l'on observe l'âge de la mort brusque par apoplexie.

Si la pléthore et l'obésité sont l'apanage des gens bien portants et vigoureux, elles n'en constituent pas moins un danger sérieux par les risques plus grands de la mort subite et précoce. Dès que le poids est un peu supérieur à ce qu'il doit être, on est obèse par surcharge graisseuse, si faible soit-elle, du moment où le coefficient adipo-musculaire qui, normalement, est de un dixième, se trouve dépassé.

Voyons maintenant ce qu'il en est de l'arthritique.

De l'avis général des auteurs, l'état arthritique reconnaît comme origine presque toujours une suralimentation, surtout carnée ; les différents hygiénistes de tous les pays sont du reste d'accord sur ce point d'hygiène relatif au ralentissement de la nutrition ; même les philosophes anciens, les Pythagore, les Hippocrate, les sages de la Grèce, les savants de l'Antiquité et du Moyen âge pensaient comme nos savants actuels.

Malheureusement, la question de l'alimentation a été faussée dans l'esprit de la foule par l'intervention de la sensualité. En effet, du jour où l'homme en s'élevant dans l'échelle des êtres a su se servir du feu pour préparer ses aliments et a su y adjoindre des condiments végétaux où minéraux pour les rendre plus savoureux, l'alimentation hygiénique simple et normale cessa d'être un simple acte physiologique pour devenir la satisfaction d'une sensation, qui, en intoxiquant les cellules vitales créa la vie « *courte et bonne* », comme les tempéraments veules, se plaisent à la qualifier, c'est-à-dire, la vie maladive pour eux et pour leurs descendants.

Les hydrates de carbone et même les graisses s'éliminent facilement tant que les organes chargés de cette élimination restent sains. L'organisme peut même détruire l'excès ingéré sans trop de dommage, c'est pourquoi l'obésité et le diabète ne feront leur apparition que quand les organes chargés de la transformation et de l'élimination de ces produits deviendront insuffisants, ainsi que je l'ai expliqué dans un article sur « le diabète ».

Par contre, les excès d'aliments albuminoïdiques s'éliminent beaucoup plus difficilement et l'arthritisme prend naissance du fait de la rétention dans l'organisme des produits de désintégration de ces matières albuminoïdiques, ainsi que je l'ai expliqué dans un article sur « les albuminuries ».

S'il arrive à un hygiéniste d'exposer cette théorie, vérifiée par les faits, à un profane, il s'empressera de la réfuter en citant de nombreux exemples de personnes « admirables de santé », qui usent et abusent des aliments riches en albumine. Or, cet argument, qui paraît irréfutable pour un profane à l'art de guérir, ne l'est pas pour un hygiéniste qui sait que, sous une apparence de santé exubérante, se cache ou se prépare toujours quelque tare, le plus souvent très grave. Ainsi, pour donner un exemple maintes fois exposé, que trouvons-nous dans la famille d'un arthritique ? Un ancêtre robuste, fier de sa force physique, de son gros appétit, d'une activité physique sans bornes. Cet homme, au teint coloré, de forte corpulence, supérieure à la moyenne, supportant bien les fatigues physiques et pouvant parvenir jusqu'aux limites de la vieillesse, capable aussi d'être terrassé vers la soixantaine par une attaque d'apoplexie, ou par une simple pneumonie ; lui, solide et bien bâti, disparaît à la suite d'un vulgaire accident. Par contre, ses enfants, créés à son image, habitués dès l'enfance à trop manger, auront des organes digestifs plus vulnérables, car ceux du père ont été surmenés, et les organes digestifs abdominaux sont plus ou moins congestionnés. Arrivés à l'âge adulte, ces enfants auront des digestions laborieuses, de la congestion, un sommeil difficile ; au réveil, de la lassitude, des névralgies, des palpitations. Les urines laisseront déposer des sédiments abondants, le lobe gauche du foie sera souvent douloureux. Le teint sera bilieux, les yeux souvent jaunâtres, la face congestive, le nez couperosé, les pommettes variqueuses, la bouche amère et pâteuse, la langue saburrale ; la peau présentera de l'acné, du prurit, de l'urticaire, de l'eczéma, etc.

Tous ces signes indiquent une insuffisance hépatique guérissable par un régime végétarien peu azoté. Si, au contraire, ces malades se croient neurasthéniques ou affaiblis, et qu'ils continuent à ne pas observer le régime indiqué, ils verront alors s'accroître l'insuffisance du foie. Le rein surmené dans l'élimination des substances insuffisamment élaborées et par suite irrecevables dans le torrent circulatoire, se fatiguera et deviendra à son tour insuffisant, ainsi que je l'ai indiqué dans un article sur les « Albuminuries et Néphrites ». A ce moment, l'albuminurie fera son apparition ainsi que la céphalée, les bourdonnements d'oreilles,

les troubles oculaires, les fourmillements, la frilosité, la sensation du doigt mort, l'hypertension artérielle, l'hypertrophie du cœur, la dyspnée d'effort et toxi-alimentaire. Et ensuite, suivant les lésions intercurrentes, l'habitus, etc., on voit apparaître souvent le diabète, la goutte, l'obésité, la chlorose, l'anémie, le cancer, etc., etc.

A la troisième génération, le terrain étant tout à fait modifié, les manifestations diathésiques seront précoces et l'on observera l'obésité infantile, les troubles nerveux, l'auto-intoxication, le lymphatisme, l'anémie, la chlorose d'Egypte, et le trachome d'Egypte, ce dernier si bien décrit par le docteur Guarino, du Caire, comme manifestation due à l'état cachectique général. Enfin, pour terminer, nous dirons d'une façon générale que l'on voit apparaître toute la kyrielle des stigmates de dégénérescence si bien décrits par le docteur Gottschalk et d'autres savants.

Et maintenant, avant d'aller plus loin, deux mots d'explication sur l'insuffisance hépatique.

Par nutrition, il faut comprendre la balance entre les résultats de l'assimilation, qui se fait surtout dans le foie, et les résultats de la désassimilation qui a lieu tout particulièrement dans les autres cellules vitales de l'organisme.

Les conditions physiologiques des échanges chimiques, hépatiques, normaux, peuvent être modifiées dans un double sens, c'est-à-dire en plus ou en moins. Dans le cas qui m'occupe, voyons les dangers de la modification en plus créée par l'alimentation trop azotée qui consécutivement créera l'acidose entrevue, il y a environ deux siècles (1614-1672), par de Le Boë Sylvius qui fut le précurseur en biochimie pathologique de la « cachexie acide » et de la « cachexie alcaline ». Il en posa les prémices qui furent reprises et précisées par les beaux travaux de Bouchard et de E. Gautrelet.

Par acidose, il faut entendre, suivant la définition de Magnus Lévy, l'apparition dans l'organisme de substances acides non oxydées en quantité telle qu'elles dépassent de beaucoup celles que l'organisme normal fabrique ordinairement. Or, les actes vitaux de l'organisme se passent en un milieu alcalin de réaction et de forme acide par sels acides. Si ce milieu alcalin devient hypo-alcalin et, à plus forte raison, s'il devient légèrement acide, des troubles surviennent. S'il y a hyperfonction hépatique, c'est-à-dire hyperassimilation, les déchets rejetés du foie par les veines sus-hépatiques dans la circulation générale seront tous de nature acide ayant pour base principale l'acide lactique et même

phosphorique (nucléine dédoublée par les ferments intestinaux);
l'acide lactique étant, lui, un produit pénultième de la désintégration moléculaire des peptones lesquelles proviennent d'un régime
même peu carné. Or, si le sang-porte arrive au foie plus riche en
acidité que la normale ne le permet, les oxydations organiques y
seront amoindries suivant les expériences de Duclaux citées plus
haut.

L'hyperfonction hépatique se prolongeant, il en résulte une
congestion continuelle du foie avec hypertrophie consécutive et
pléthore du système-porte. Le jeu du diaphragme se trouve gêné,
d'où difficulté fonctionnelle des poumons et par suite diminution
de l'oxydation de l'hémoglobine. De plus, si le sujet fait de l'adipose, il se formera un coussinet adipeux sous-pleural qui limitera
encore l'expansion du diaphragme.

Le repos du muscle par sédentarité habituelle empêche la formation des substances excitantes du centre respiratoire bulbaire
qui se forme dans le muscle en travail. C'est pourquoi, chez les
ralentis de la nutrition qui font de l'exercice, la respiration se
fait mieux que chez ceux qui sont sédentaires pour une cause ou
une autre. La congestion de la base des poumons, qui est très
fréquente chez ces malades, est due à la pléthore de la veine-
porte, pléthore qui entraîne la stase de la circulation veineuse
générale et en particulier celle des poumons.

Cette hypo-oxydation se fera sentir non seulement sur les
produits de l'assimilation alimentaire dans le foie à l'exception
de ce qui a trait aux matières grasses lesquelles se déversent
presque exclusivement dans le système lymphatique, mais se fera
également sentir sur les produits de la désassimilation dans les
tissus généraux et alors également sur les matières grasses.
C'est-à-dire qu'à une *hyperfonction hépatique ou hyperassimilation* correspond toujours une *hypodésassimilation avec formation
de produits secondaires irritants chimiquement et mécanique-
ment. C'est la période floride de l'état pléthorique précurseur de
l'obésité, à laquelle succèdera la faillite de la cellule hépatique
sclérosée et surmenée par l'hyperfonction de l'organe.*

C'est alors que l'on observera les manifestations des maladies
par ralentissement de la nutrition, maladies qui sont imputables
à la teneur plus ou moins grande d'acide oxalique dans le sang.
Cet acide y pénètre par un processus morbide que je développerai
plus loin et qui crée ainsi « l'oxalémie » et l'oxalurie, c'est-à-dire
l'empoisonnement du sang ou *exalotoxihémie.*

Les premiers travaux d'il y a quarante ans, faits par Catani et complétés dernièrement par MM. Loeper, de Paris et Lambling, de Lille, montrent bien que l'oxalémie crée l'oxalurie et que cette dernière s'observe dans toutes les maladies par ralentissement de la nutrition. Pour la majorité des auteurs, il existe toujours dans le sang 0,015 à 0,020 milligrammes d'acide oxalique. Pour Gautrelet comme pour moi, il n'en existe jamais dans le sang normal des habitants de la campagne, mais par contre, à mon avis, dans le sang des citadins, où les échanges oxydants pulmonaires sont plus ou moins viciés par la présence plus ou moins grande d'acide carbonique et surtout d'oxyde de carbone contenu dans l'air des villes. Il en résulte des échanges osmotiques pulmonaires imparfaits qui seront les precurseurs de l'oxydation vicieuse des graisses cellulaires. C'est pourquoi chaque fois que l'on est en présence d'une manifestation due au ralentissement de la nutrition (obésité, diabète, lithiase oxalique, goutte, lithiase intestinale, certaines maladies de la peau se manifestent, comme psoriasis, rhumatisme, affections hépatiques, certaines anémies, neurasthénies, dyspepsies, entérites, maladies chroniques diverses, etc.), autant de maladies dans lesquelles on observe en petit les phénomènes aigus de l'empoisonnement massif par l'acide oxalique (vomissement, diarrhée, intolérance gastro-intestinale), symptômes d'intolérance du toxique sur la muqueuse digestive. A ceux-ci succèdent les symptômes d'imprégnation et d'élimination (troubles nerveux, collapsus, paralysie, mydriase, douleurs cardiaques et musculaires, oligurie, hématuries et souvent albuminuries, etc.).

Dans l'oxalurie chronique, on observe toujours une augmentation du rapport phosphorique-urée.

Enfin, d'une manière générale, l'*oxalémique est un empoisonné par l'acide oxalique;* il présente quelquefois des hémorragies nasales et gingivales, de l'hypotension, des troubles nerveux (lourdeurs de tête, de fatigues intellectuelles et surtout de migraines); en un mot un état de fatigue générale et d'asthénie musculaire plus ou moins prononcées suivant que l'intoxication du sang est au début ou non.

ORIGINE ÉTIOLOGIQUE DU CANCER

PAR FAILLITE DE LA CELLULE HÉPATIQUE ET ACCUMULATION
CONSÉCUTIVE D'ACIDE OXALIQUE DANS LE SANG
(OXALOTOXIHÉMIE)

En toutes choses, il faut chercher la cause première.

Les dispositions organiques des ascendants (surtout en tant que vices de nutrition et vices d'habitus) ont aidé et présidé à la néoformation de la diathèse hyperacide par insuffisance hépatique à laquelle s'est substituée la diathèse hypoacide, par mauvais fonctionnement des organes de la nutrition et des émonctoires. Ces dispositions organiques ont, de ce fait, donné naissance chez un descendant de cancéreux à des organes de digestion et d'élimination plus fragiles. Si, d'autre part, ce descendant de cancéreux n'a pas su, pu ou voulu modifier l'insuffisance de résistance héréditaire de ses organes, il pourra voir à son tour se former en lui un cancer dans les mêmes conditions qui ont aidé et présidé à la formation du cancer chez son ascendant par diathèse hyperacide, consécutive toujours à une insuffisance hépatique.

L'étymologie du mot cancer (crabe-écrevisse) nous éclaire en partie sur le processus malheureux de défense de l'organisme qui préside à la néoformation du cancer. A l'origine, en effet, l'histologie pathologique nous dit : tumeur microscopique livide à laquelle des veinules, d'abord cachées, puis rendues manifestes par l'accumulation du sang, donnent une certaine analogie avec la forme d'un crabe ou d'une écrevisse. A la suite d'un coup ou d'une irritation chronique, il se produit une irrigation excessive de défense ayant pour but de hâter la rénovation des cellules maladives, presque nécrosées et d'enlever les leucomaïnes irritantes (poisons cancéreux) de ces cellules, créant ainsi la transformation de ces cellules maladives en cellules géantes, tout comme une suralimentation malheureuse crée l'obésité, et encrasse l'organisme en général de produits toxiques chimiquement (purines, urates, acide urique, oxalate, etc.), qui sont des produits de désassimilation défectueuse.

L'hyperirrigation du tissu malade dans un but de phagocytose intense fait déposer dans ces tumeurs une masse leucocytaire importante très variable suivant les tissus. C'est ce qui peut expliquer l'action passagère, modificatrice ou non, des sérums organiques divers qui ont été injectés, car ce serait sur cet élé- ment migrateur que toute injection modificatrice exercerait son action chimiotaxique positive ou négative plus ou moins partielle.

Dans certains cas d'amélioration passagère de la cellule hépa- tique, quand les acides d'origine albuminoïdique ont pu être supprimés ou compensés par l'apport d'alcalins contenus dans les éléments du régime végétarien ou médicamenteux ; cette chimio- taxie pourrait être assez considérable pour amener une diminu- tion temporaire et même définitive du volume total de la tumeur. Cette chimiotaxie explique aussi pourquoi les essais de produc- tion expérimentale du cancer sont positifs ou négatifs, suivant que l'on opère en terrain cachectisé par une insuffisance hépati- que ou non, aussi bien chez l'homme que chez les animaux et quel que soit le procédé employé. Cette chimiotaxie explique encore pourquoi les inoculations de bactéries diverses n'ont pu produire le cancer qui ne peut être produit que par coup, irrita- tion chronique ou greffe, et le tout en terrain cachectisé par in- suffisance de la cellule hépatique et non cachectisé artificielle- ment.

Dans ces cellules maladives, les chromosomes ou granulations des noyaux s'hypertrophient et même dans certains cas peuvent se segmenter en créant de nouveaux noyaux par un processus de karyokinèse néoplasique bien connu. De même, les mitochondries ou granulations du plasma cellulaire fortement irritées par cette hyperhémie oxalotoxique se gonflent outre mesure par inhibition et distendent l'enveloppe cellulaire en donnant naissance à la cellule géante bien connue, laquelle sécrétant continuellement des leucomaïnes très toxiques et de fait très irritantes voit, *ipso facto,* son volume s'augmenter et laisse suinter des leucomaïnes en excès qui sont en partie irrecevables par le sang (je vais y revenir en disant pourquoi). Ces préptomaïnes inhibantes se répandent peu à peu par infiltration intracellulaire dans le voisinage des premières cellules prénécrosées et provoquent de proche en pro- che la formation par un processus irritatif toxique de nouvelles cellules géantes et l'excès gagne par les vaisseaux lymphatiques afférents, les ganglions lymphatiques (métastase). Etant donné l'état dyscrasique ou toxhémié du sang par insuffisance hépati- que, ces cellules prénécrosées par choc ou irritation chronique ne peuvent être détruites par les cellules blanches qui sont en état d'infériorité physiologique, car les macrophages sont plus ou moins intoxiqués et par suite maladifs, vu l'infériorité sécrétive du foie défenseur de l'économie, qui crée de ce chef une auto-protection très défectueuse. Celle-ci laisse subsister ces cellules pathologiques géantes à l'état de séquestre dangereux, ainsi que je l'explique plus loin dans l'étude du sang des pré-cancéreux et cancéreux.

Le mot cancer est, de l'avis général du reste, mal choisi, car les modalités différentes sous lesquelles il se présente ont entre elles, par leurs caractères anatomiques de formation et d'évolution, des différences si tranchées qu'elles exigent des noms spéciaux pour qualifier chaque forme de néoplasme, ce qui montre le mal fondé des théories classiques de Virchow, de Cohnheim, de Lébert, de Bard et tout dernièrement des nouvelles théories microbiennes qui sont toutes heureusement et justement délaissées comme surannées.

Les auteurs autorisés nous disent encore que l'examen histologique des tumeurs néoplasiques montrent toujours une hypertrophie des épithéliums des parenchymes glandulaires ou non. Ce sont des épithéliomas d'épithéliums profonds et non tégumentaires, dérivant des tissus normaux et, comme ceux-ci, variant dans leur composition élémentaire et leur structure ; ce qui explique que les différences anatomiques notables des néoplasmes sont égales à celles que présentent entre eux les tissus normaux de l'organisme (hypertrophie du noyau, du nucléol et du corps cellulaire), souvent accompagnées de déformations cellulaires et de manifestations diverses. Le corps des cellules et même le noyau peuvent devenir plus ou moins granuleux, présenter des cavités, etc.

Pour moi, je suis convaincu de ce que j'expose dans ces lignes ; les sciences biologiques et l'expérience de vingt années d'analyses m'éclairent et me montrent que devant le danger toujours croissant de la mortalité cancéreuse, il faut avoir le courage de chercher dans nos habitudes les causes prédisposantes et créatrices de ce danger ! Pourquoi ne pas établir un parallèle entre cette augmentation du cancer et les maladies multiples dues au ralentissement de la nutrition, si nombreuses dans les pays civilisés, étant donné qu'il y est fait abus de la nourriture pour satisfaire au plaisir de faire bonne chère ?

Le cancer n'est-il pas le terme ultime de ces maladies cachectiques, évoluant dans de certaines conditions où l'insuffisance hépatique se rencontre toujours avec son poison hématique qui est l'acide oxalique ?

Je ne parlerai pas ici des multiples traitements qui ont été inventés pour lutter contre le cancer, d'autres l'ont fait et je l'ai moi-même fait ultérieurement pour me bien documenter.

Pourquoi, ne pas chercher à s'expliquer comment une même affection déterminée, qui évolue sur un sujet non cachectisé, avec guérison rapide, prendra sur un sujet cachectisé une forme chronique qui pourra s'améliorer ou non suivant que l'état cachectique sera moins ou plus prononcé, et pourquoi ne pas chercher dans le foie, ce grand régulateur de la nutrition, la cause de ces anomalies ?

Nous avons en Egypte, plus qu'ailleurs, de nombreuses affections consécutives à l'etat cachectique spécial aux pays chauds, où la chaleur éprouve tout spécialement le foie. Parmi ces affections les plus nombreuses et les plus fréquentes il faut citer l'anémie, la chlorose, le trachome et le cancer.

C'est au défaut classique de vouloir s'assurer de l'état hépatique par l'examen clinique, moyen qui est impuissant à préciser l'état du foie, tandis que seul l'examen biologique du sang et des urines peut porter un diagnotic sûr, que l'on doit imputer quantité d'erreurs d'interprétation d'affections chroniques. Ces erreurs ont égaré les chercheurs les plus autorisés.

C'est ainsi qu'ont pris naissance, comme je l'ai dit plus haut, toute une kyrielle d'hypothèses cellulaires, parasitaires, bactériologiques, etc., pour expliquer, par exemple, l'étiologie pathogénique de l'anémie, de la chlorose, du trachome, du cancer, etc., affections que je connais plus spécialement, ayant eu maintes fois l'occasion de les observer en Egypte, et affections qui ne sont que des syndromes nosologiques avec des modalités différentes déterminées par des affections hétérogènes, se greffant sur un état de toxihémie plus ou moins avancé et causé par l'insuffisance hépatique en évolution.

LA TOXIHÉMIE OXALIQUE

CRÉE LA DÉFORMATION ET L'HYPERTROPHIE CONSÉCUTIVE
DES CELLULES HÉMATIQUES MOBILES ET DE CERTAINES
CELLULES MALADIVES FIXES DES TISSUS DE L'ORGANISME
(PŒCILOCYTOSE ET NÉOPLASMES).

Examinons maintenant hématologiquement, pour bien nous éclairer, quelles sont les modifications, surtout histologiques, que l'on observe dans la composition du sang des cancéreux et des précancéreux, ainsi qu'il appert de mes recherches spéciales. L'aspect du sang ne laisse pas de doute sur son état d'empoisonnement oxalique *(oxalo-toxihémie)* créé par l'insuffisance hépatique consécutive au ralentissement de la nutrition.

Voici, aussi succinctement que possible, le résultat de mes recherches :

GLOBULES ROUGES

Couleur. — La couleur normale jaune orangé, tirant sur le vert, est, suivant l'état du cancéreux, plus ou moins atténuée et plus accentuée sur le vert que normalement. La teneur de l'oxyhémoglobine qui, dans le sang normal, varie entre 13 et 14, est ici fortement abaissée, suivant la proportion plus ou moins grande d'acide oxalique et varie entre 6 et 10 pour cent, ce que Hénocque, du reste, a trouvé. On observe la présence de nombreux globules polychromatophiles (hématies basophiles) créant une polychromatophilie analogue à celle observée dans les anémies graves, le paludisme et les intoxications, où la dégénérescence de coloration commence par les centres.

Dimension. — Les dimensions sont toujours plus ou moins au-dessus de la normale et relativement aux globules normaux, étant donnée la présence de très nombreux hématoblastes et microcytes qui remplacent de nombreuses hématies détruites. Mais les héma-ties normales adultes qui mesurent en moyenne 7 à 9 micras à l'état normal, se trouvent légèrement hypertrophiées. Les micro-cytes sont aussi hypertrophiés et très nombreux. Ils constituent une véritable microcytémie, comme elle se rencontre dans l'ané-mie de moyenne intensité, dans la leucocytémie, à la fin des maladies aiguës et chaque fois que la nutrition est entravée. Par contre, absence de macrocytes ou mégalocytes, comme il est donné d'en rencontrer dans la macrocytémie qui accompagne l'anémie pernicieuse, la leucémie et pseudo-leucémie des enfants.

Nombre. — Le nombre moyen, normal, de 5.000.000 par milli-mètre cube est toujours diminué, c'est-à-dire que l'oligocytémie est de règle. Il ne m'a jamais été donné d'observer de polycytémie en faisant la numération des globules adultes seulement, comme on l'observe dans les cas de concentration du sang. Mais si l'on compte tous les hématoblastes, aux divers stades de développe-ment en comprenant dans le chiffre les globules adultes, on constate alors une polyglobulie très marquée surtout quand le cancer est en pleine évolution. C'est ainsi qu'il m'est arrivé de ne compter seulement que 1.000.000 d'hématies adultes, dans des cas graves de néoplasme. Cette grande diminution est comparable à celle qui s'observe dans les anémies et spécialement dans les anémies pernicieuses. Les hématoblastes qui, normalement existent dans la proportion de 1 pour 20 hématies se rencontrent souvent en très grand nombre et il m'est arrivé d'en compter jusqu'à cinq à divers stades de développement pour une hématie adulte ; ce nombre variant suivant l'état d'acrimonie du sang.

Forme. — La forme normale de disque biconcave qui présente un contour parfaitement circulaire se trouve changée dans la majorité des hématies, plus ou moins, suivant la teneur du sang en acide oxalique et en leucomaïnes cancéreuses. On remarque une poécilocytose plus ou moins accentuée et caractérisée par un chan-gement de forme dans les globules, changement analogue à celui qu'on observe dans l'anémie pernicieuse et les cas graves de chlo-rose (chlorose d'Egypte).

Certaines hématies perdent leur forme dyscoïde, régulière, pour devenir ovalaires piriformes, fusiformes. Certaines pré-sentent des prolongements périphériques qui leur donnent les formes les plus extraordinaires (poécilocytes). De plus, on observe des hématies à contours épineux, crénelés ou présentant des vacuoles, ou bien sur leurs bords apparaissent de petites boules sarcodiques, qui deviennent de plus en plus saillantes et sont

refoulées par la formation et par la sortie d'autres boules semblables. Il se forme ainsi des prolongements de longueur et
d'épaisseur variables qui sont animés quelquefois d'un mouve-
ment oscillatoire et qu'on ne doit pas confondre avec les flagelles
d'un hématozoaire. D'autres fois, les hématies sont empilées
comme si par un besoin d'auto-défense, elles se réunissaient ainsi
pour présenter une surface moins grande à l'inhibition nocive du
plasma sanguin toxique et déformateur. Ces dernières déformations globulaires ressemblent à celles observées dans les hématies
qui ont souffert pendant l'examen hématologique, de l'action de
l'air, de l'eau ou autres liquides nocifs, de la dessication lente, du
chaud ou du froid.

Structure. — La structure parfaitement homogène dans laquelle
il est impossible de découvrir une texture quelconque dans
l'hématie normale, se trouve ici très modifiée. D'une manière générale on aperçoit à des degrés divers une dégénérescence granuleuse comme il est facile de l'observer dans la leucémie, l'anémie
pernicieuse, la pseudo-leucémie, l'empoisonnement chronique par
le plomb, dans les cachexies, le paludisme, la tuberculose, la
syphilis.

C'est un indice d'hémolyse grave dans l'anémie et les auteurs
pensent que c'est le résultat d'une auto-intoxication d'origine
gastro-intestinale. A mon avis, dans le cancer et dans les états
précancéreux c'est le résultat d'une auto-intoxication oxalique
par insuffisance hépatique (ralentissement de la nutrition, diathèse
hyperacide) ainsi qu'il résulte de mes expériences sur le sang
des cancéreux.

Tout comme le corps peut s'habituer à vivre, avec un million
d'hématies et même moins par millimètre cube, en arrivant progressivement à cet état d'oligocytémie, le sang, progressivement
toxihémié par accumulation d'acide oxalique, peut arriver à en
contenir plusieurs centigrammes lesquels, s'ils y avaient été ajou-
tés massivement aurait causé la destruction des éléments figurés,
ainsi que j'ai pu le constater avec moins de 1 centigramme
d'acide oxalique dans le sang.

Comme globules nucléés que l'on ne voit que dans le sang
de l'embryon et du nouveau-né, nous trouvons dans le sang cancéreux : 1° des normoblastes, comme on les rencontre dans les
anémies graves et surtout sous leur forme aiguë ; 2° des micro-
blastes comme dans l'anémie pernicieuse. Les autres grandeurs,
mégaloblastes et gigantoblastes se rencontrent très rarement.

—

Sous l'action du plasma sanguin oxaliqué, il se fait une condensation du protoplasma hématique sur le pourtour. Le centre, par suite, se vide et l'hématie s'hypertrophie pendant que les granulations se forment par hernie de plusieurs éléments mitochondriens. On compte ainsi jusqu'à dix granulations plus ou moins développées qui se libèrent peu à peu de l'hématie malade pour donner des hématoblastes ou futures hématies, pendant que le reste de l'hématie est entraîné par la circulation et est porté par les vaisseaux afférents dans les ganglions lymphatiques pour y disparaître au début et pour s'y accumuler ensuite si la destruction est trop intense quand l'état oxalotoxihémique s'accentue. Ainsi, il y a une destruction exagérée des globules rouges comme on l'observe en faisant agir les liquides intestinaux ptomaïniques qui les altèrent avec une grande énergie.

On trouve ainsi dans le plasma sanguin des cancéreux avec les hématies normales des anormales et des hématoblastes, ces derniers provenant des hématies anormales par intoxication, les ayant rendues maladives, c'est-à-dire déformées et granuleuses. Ces hématoblastes s'y trouvent à tous les stades de développement depuis deux micras jusqu'à sept micras. Je dois insister sur ce point d'histologie hématologique qui est mal connu et controversé étant donné que jusqu'à présent, malgré des travaux nombreux, on n'est pas très bien fixé sur l'origine néoformante des hématoblastes et hématies, origine qui, pour moi, est en grande partie le résultat d'une condensation mitochondrienne. Je ne puis mieux faire, pour imager cette description, que de comparer ces hématies mamelonnées en voie de destruction à des mûres mûres dont chaque mamelon se désagrégerait et se séparerait de son support. Et de fait, dans le sang normal nous avons toujours des hématoblastes dans la proportion de un pour vingt hématies, ce qui indique que le sang se renouvelle sans cesse. On a remarqué que si l'on diminue le nombre des hématies par une forte saignée, on constate, à l'examen hematologique, que le nombre des hématies a diminué et par contre, que celui des hématoblastes a augmenté d'une manière très sensible. Il en est de même dans le cancer où il m'est arrivé de compter jusqu'à vingt hématoblastes à divers stades de développement pour une hématie microcyte ou normale. C'est-à-dire que, dans le cancer sous l'action oxalotoxiexcitatrice et destructive continuelle, les éléments histologiques du sang sont toujours en état de destruction et de renouvellement avec encombrement consécutif des ganglions. L'augmentation et la diminution des hématoblastes dans le sang d'un cancéreux peut donc être un pronostic qui renseignera sur l'état de la marche du cancer ainsi que sur la plus ou moins grande quantité d'acide oxalique contenue dans le sang, tout comme la numération des globules et le dosage de l'oxyhémoglobine renseignent sur le degré de l'anémie. L'hématie étant une cellule fort délicate qui peut être facilement détruite par de simples différences de composition du sérum circulatoire, ce qui, du reste, oblige, en hématologie et en sérumthérapie massive, à l'observation de règles rigoureuses pour les conserver ou les étudier telles qu'on les trouve dans le sang normal. On s'explique ainsi aisément l'action destructive des hématies par un sérum circulatoire renfermant de l'acide oxalique et des leucomaïnes cancériques très toxiques, étant donnée l'insuffisance hépatique qui prive le sang de ses lipoïdes de défense antitoxique.

Ainsi l'augmentation des hématoblastes dans le cancer indique que le sang se répare sans cesse activement. C'est aussi ce que l'on observe dans les anémies symptomatiques légères et moyennes, dans le choléra, dans l'anémie posthémorragique. Cette crise hématoblastique est d'un bon présage, car elle indique une lutte de l'organisme. C'est pourquoi, chez les convalescents de maladies aiguës, il y a une forte augmentation des hématoblastes. Par contre, dans la période ultime du cancer on observe, macroscopiquement au moment où l'on fait une prise de sang, une séparation immédiate des éléments figurés d'avec le plasma et l'on observe au microscope que toutes les hématies sont réunies en piles de monnaie de dix à trente éléments, que les hématoblastes ont presque complètement disparu, ainsi que les globules blancs ; ceci est un pronostic très grave. Il doit faire penser que la cellule hépatique ne peut plus réagir.

Il est, du reste, facile d'assister, de visu, sous le microscope, à ce qui se passe *in anima* dans le sang. Pour cela, il suffit de déposer sur une lame porte-objets une goutte de sérum physiologique contenant un centigramme par litre d'acide oxalique et à côté, le plus près possible, une goutte de sang normal, partagée par un artifice quelconque (un fil de coton de verre, par exemple) en deux pour que la partie mitoyenne à la goutte de sérum physiologique artificielle se mélange à elle, on couvre avec une lamelle et on ferme au baume de Canada. On observe sur la platine chauffante, ce procédé assure la conservation parfaite de tous les éléments histologiques du sang dans la moitié de la goutte qui n'a pas été en contact avec le sérum oxaliqué. Dans le sang qui est en contact avec le sérum oxaliqué, on observe la pœcilocytose décrite ci-dessus et ensuite la dégénérescence granuleuse mamelonnée de tous les éléments histologiques du sang et peu après la formation des hématoblastes avec les mamelons désagrégés des hématies. Prendre soin de maintenir la préparation à 37 degrés et d'aérer et sérumiser ces hématoblastes en formation avec les mamelons des hématies détruites, afin que l'on observe la transformation progressive de ces hématoblastes en de nouvelles hématies.

La déformation et la transformation granuleuse des éléments histologiques du sang est plus ou moins complète et rapide suivant la teneur en acide oxalique du sérum physiologique tout comme cela se passe dans le sang des cancéreux suivant que l'insuffisance hépatique est plus ou moins avancée et que le coefficient adipo-musculaire est plus élevé.

GLOBULES BLANCS

Couleur. — La couleur blanche avec reflets grisâtres et aspect granuleux est beaucoup plus marquée que dans les leucocytes normaux.

Dimension. — Comme pour les globules rouges, chez les globules blancs qui sont en bon état de conservation, les dimensions y sont un peu plus grandes par légère hypertrophie des globules normaux.

Nombre. — Normalement l'on compte de 6 à 8 mille leucocytes. Dans le cancer, l'hyperleucocytose est de règle pendant la première période de lutte de l'organisme contre la formation des néoplasmes. C'est pourquoi le nombre total des globules blancs y est plus élevé que dans le sang normal. On trouve ainsi en faisant la numération le nombre normal souvent doublé et même triplé suivant la période d'évolution de l'insuffisance hépatique. Il m'est même arrivé de voir ce nombre quadruplé et quintuplé, ce qui fait que le nombre de 6 à 8 mille peut atteindre 40 mille par millimètre cube.

Voici maintenant quelques détails sur les variations numériques des principales variétés des leucocytes avant la période préterminale où il y a destruction exagérée de tous les globules blancs.

Le nombre des lymphocytes est diminué comme dans la tuberculose. Par contre le nombre des leucocytes mononucléaires est

très augmenté comme dans le paludisme chronique, la fièvre scar-
latine, la maladie d'Addison.

L'augmentation des éosinophiles (ou éosinophilie) y est très
marquée, comme il est donné de l'observer dans certaines intoxications : fièvre infectieuse, asthme bronchique, infections cutanées
et helminthiases diverses, surtout en Egypte. Donc, hyperleucocytose surtout si le cancer est ulcéré. On pourra ainsi
compter de 10 à 20 mille leucocytes par millimètre cube. Quand le
chiffre dépasse 20.000 il y a lieu de penser que le cancer s'accompagne d'une propagation péritonéale étendue avec très probablement une infection généralisée de tout l'organisme.

L'hypoleucocytose et surtout la leucopénie (400 globules par
millimètre cube) ne se rencontrent que dans la période in-extremis
cancéreuse, quand l'intoxication oxalique sanguine est telle que
la dégénérescence granuleuse est intense et que la cellule hépatique est en état de complète faillite.

Par conséquent on peut rapprocher l'hyperleucocytose néoplasique de celle que l'on observe dans la cirrhose hypertrophique
avec ictère et dans le mal de Bright (leucocytose cachectique).

En règle générale et en tenant compte des hyperleucocytoses
physiologiques et extra-physiologiques on peut dire que toutes les
fois qu'une tumeur s'accompagne d'hyperleucocytose il y a beaucoup de chances pour que ce soit une tumeur néo-plasique. Cette
observation a besoin d'être complétée par l'examen des hématies
et par le dosage de l'urée urinaire. Il y a absence de leucocytes
iodophiles qui, du reste, ne se rencontrent en général que dans
les affections de toxémie générale produite par des organismes
pyogènes ou bactériens. Ces leucocytes iodophiles n'existent pas
généralement dans les toxémies là où les organismes non pyogènes ou bactériens manquent. Donc dans le cancer, il n'y a pas
iodophilie.

Formes et structure. — La forme sphérique des leucocytes au
repos surtout dans les états cancéreux graves y est rarement
conservée. Le plus souvent ils sont en voie de destruction. Le
protoplasma amyloïde y est très granuleux. Il y est plus ou moins
épars ou étalé sous forme de pseudopodes en nappe ou en aiguille.
Le ou les noyaux sont souvent absents et perdus dans la circulation générale. Les mouvements amiboïdes avec pseudopodes des-
tinés à absorber par les leucocytes conservés les débris cellulaires, y sont très marqués. Ils ont pour but, à la façon des amibes,
de débarrasser le torrent circulatoire des débris cellulaires

hématiques très nombreux dans le sang des cancéreux et cela, en vertu de leur rôle bien connu de phagocytes défenseurs de l'organisme.

Ils semblent tous avoir souffert à des degrés divers d'une action excitatrice trop active qui en a provoqué la destruction granuleuse exagérée pendant leurs fonctions amiboïdes, fonctions qui ne sont plus provoquées seulement par les causes naturelles, chaleur et oxygène, mais surtout par la présence dans le sérum circulatoire du poison oxalique et des toxines cancéreuses, produits irritants et nocifs pour le protoplasma cellulaire.

Ces altérations ne ressemblent pas du tout aux altérations cadavériques (excroissances sarcodiques) ni ne sont semblables aux altérations dues à l'hydrémie. Ce sont des altérations observées seulement dans les états cancéreux et quelques autres maladies que je cite plus loin.

Les cadavres de ces globules blancs sont ensuite entraînés par la circulation dans les ganglions lymphatiques (organes chargés de la reproduction et du rajeunissement des globules de la lymphe) par les afférents où la stase est suffisante pour en provoquer l'arrêt et la fixation qui doivent en permettre la destruction qui y est plus ou moins active. Cela explique l'encombrement des ganglions et de leurs afférents et par suite l'hypertrophie consécutive qui est d'autant plus grande que la marche du néoplasme est plus active.

EXAMEN BACTÉRIOLOGIQUE

D'une manière générale dans le cancer fermé, je n'ai jamais trouvé de bactéries dans le sang; mais, dans le cancer ouvert, il m'a été donné presque toujours d'observer la présence de coccus et de micrococcus, en dehors des granulations rondes ou en forme d'haltères très réfringentes avec mouvements browniens très actifs, nageant dans le plasma sanguin, et identiques aux granulations des neutrophiles qui sont mises en liberté par destruction de ces cytoïdes et que l'on ne peut confondre ni avec des granulations mélaniques ni avec des gouttelettes graisseuses comme cela s'observe dans le sang des états lipémiques. J'estime donc, une fois de plus, que en enlinceulant les chimères hypothétiques basées sur les théories microbiennes, on fera faire un grand pas dans la recherche de la véritable origine étiologique du néoplasme, origine que j'attribue à une toxihémie oxalique.

EXAMEN DE LA VISCOSITÉ

Comme on le sait, ainsi que l'a exposé dernièrement le Dr Martinet, la viscosité du sang varie suivant plusieurs facteurs qui sont, l'hydrémie, l'anoxhémie, la globulie, l'hyperglycémie et l'hyperuricémie.

Or, dans le sang cancéreux, la viscosité est surtout fonction de l'état plus ou moins avancé de l'oxalotoxihémie, ce qui fait qu'elle est en conséquence fonction surtout de la globulie et de l'anoxhémie, étant établi que le sang cancéreux est toujours riche en acide carbonique, lequel, du reste, donne par réduction de l'anhydride carbonique et des bicarbonates alcalins de l'acide oxalique. Celui-ci est, comme je l'ai expliqué, un terrible destructeur des globules rouges et blancs. Or, d'une part, plus le nombre des globules diminue, plus la viscosité diminue ; mais, d'autre part, plus le sang renferme de l'acide carbonique, plus il est visqueux. La résultante de ces deux actions antagonistes est presque toujours représentée par une augmentation de la viscosité normale physiologique, qui, suivant le Dr Martinet varie entre 3,8 et 4,5. Je ne me suis, du reste, pas servi du même appareil que lui pour la déterminer.

L'augmentation de cette viscosité est analogue à celle que l'on observe dans le sang veineux par rapport au sang artériel, ainsi que chez les asphyxiques, c'est-à-dire d'une manière générale chez les anoxhémiés.

RECHERCHE DE L'ACIDE OXALIQUE

Cette recherche faite directement dans le sang est très délicate et ne m'a permis que très rarement d'y déceler la présence de l'acide oxalique par formation directe, microchimique, de cristaux d'oxalate de chaux, sous la forme cristalline qu'on trouve dans les urines. La forme de cristallisation dans le sang est difficile à obtenir vu l'état hygrométrique du chlorure de calcium.

Aussi, il n'est véritablement et pratiquement possible de déceler la présence de l'acide oxalique dans le sang que quand il fait son apparition dans l'urine, en combinaison calcique, cristallisée insoluble. Cette apparition est du reste concomitante avec celle de l'acide oxalique dans le sang. Si elle est observée dès le début, elle permettra toujours de rétablir les fonctions ralenties de la cellule hépatique par un traitement approprié, ainsi qu'il m'a été donné plusieurs fois de l'observer.

EXEMPLE D'UNE ANALYSE DE SANG
avec Conclusions séméiologiques

Cette analyse a été faite au Laboratoire Central Hébert, au Caire, sur la demande de médecins spécialistes après consultation médicale pour pouvoir se prononcer sur l'origine syphilitique, tuberculeuse ou cancéreuse d'une toute petite tumeur située dans le voisinage de l'amygdale droite et affectant légèrement cette amygdale. Le porteur de cette petite tumeur est un homme ayant toutes les apparences d'une bonne santé, mais éprouvant continuellement une lassitude générale, avec visage très pâle. Une analyse urologique complète faite quelques mois auparavant au même Laboratoire Central avait donné la courbe urologique classique (suivant la méthode de Gautrelet de Vichy) des états pré-cancéreux et cancéreux. Le patient avait été, il y a dix ans, tuberculeux. Il était venu en Egypte pour se soigner, il s'y est complètement remis ; de plus, il avait été soigné pour la syphilis. Le diagnostic n'avait jamais été bien posé pour cette affection qui, à son dire, remonterait à quinze ans et n'aurait jamais donné de manifestations bien nettes. De plus, sa mère était morte d'un cancer, ce que l'on ne sut du reste, qu'après que l'examen fut fait.

EXAMEN HÉMATOLOGIQUE

Nom du malade........... M. O. R. de R..... Age : 50 ans.
Pays habités .... Grèce, Egypte, France, Angleterre.
Nom du Docteur . ... M. le Dʳ S.....

RECHERCHE DES ÉLÉMENTS NORMAUX

ÉLÉMENTS RECHERCHÉS		SANG EXAMINÉ	SANG NORMAL
GLOBULES ROUGES	Numération........	4.000.960 ᵐ/ᵐ c.	5.000.000 ᵐ/ᵐ c.
	Coloration	Jaune orangé faible.	Jaune orange.
	Forme	1 sur 30 sont déformés (crénelés, ovalaires, fusiformes, piriformes et granuleux).	Disques biconcaves.
	Taille...........	Normale : légèrement hypertrophiée.	7 à 8 micras.
GLOBULES BLANCS (7.500 par ᵐ/ᵐ c. dans le sang normal)	Numération........ (1140 dans le sang examiné).	Lymphocytes .... 85 °/₀	25 à 28 °/₀.
		Gr. mononucléaires....... 1/2 °/₀	2 à 8 °/₀.
		Polynu- { Nautrophiles... 1/2 °/₀	65 à 70 °/₀.
		cléaires { Eosinophiles.... 1/4 °/₀	
		Labrocytes (Mastzellen)... 0,1 °/₀	1 à 2 °/₀.
		Iodophiles............... Néant	Néant.
	Forme	Tous déformés en nappes avec pseudopodes et plus ou moins en dégénérescence granuleuse, souvent le noyau est absent.	Discoïdes.
HEMATO- BLASTES	Numération........	900.000 par ᵐ/ᵐ 3.	300.000 par ᵐ/ᵐ c.
	Grandeur.........	Se rencontrent à tous les stades de développement.	de 2 à 6 micras.
OXYHEMOGLOBINE.............		10 gr. 50 pour cent.	14 pour cent.
Viscosité (par mon procédé)		11 ᵐ/ᵐ 25.	20 ᵐ/ᵐ.

RECHERCHE DES ÉLÉMENTS ANORMAUX

ÉLÉMENTS RECHERCHÉS	SANG EXAMINÉ	SANG NORMAL
Granulations	Très nombreuses.	Rares.
Parasites..................	Néant.	Néant.
Acide Oxalique..............	Présence (dans l'urine).	Néant.
Bactéries..................	Néant.	Néant.

CONCLUSIONS : *Toxihémie oxalique.*

CONCLUSIONS SÉMIOLOGIQUES

TIRÉES DES RÉSULTATS ANALYTIQUES DU SANG DE M. O... R... DE R...

Des résultats analytiques trouvés, il appert que ce sang est anormal.

1° **Par la diminution de** tous les éléments histologiques du sang, diminution très marquée surtout pour les cellules blanches (hypo-leucocytose) et spécialement pour les poly-nucléaires (leucopénie): tandis qu'il y a augmentation relative des lymphocites. Cette formule leucocytaire nous permet d'éliminer le pronostic de bacillose et pourrait faire croire à une spirillose s'il y avait une augmentation *réelle* des lymphocytes (augmentation qui n'est que *relative*).

2° **Par la forte augmentation** des hématoblastes, ce qui veut dire qu'il y a une véritable crise hématoblastique qui indique une destruction intense des hématies avec rénovation continuelle de ces hématies par les hématoblastes qui en proviennent. Cette crise hématoblastique est causée par une toxihémie d'origine oxalique.

3° **Par la diminution de** coloration des globules rouges et diminution de l'oxyhémoglobine comme on la rencontre dans les anémies toxiques bien confirmées et comme celle que l'on observe également dans les bacilloses et les affections néoplasiques.

4° **Par son degré de** viscosité qui indique une viscosité plus élevée que la normale ; comme on l'observe dans les toxihémies avec diminution de l'oxyhémoglobine.

5° **Par la présence d'acide** oxalique, ce qui précise la toxihémie oxalique.

6° **Par la pœcilocytose** bien marquée, constatée, qui montre clairement la déformation et la destruction de nombreux éléments figurés du sang, consécutives à une oxalo-toxihémie.

Résumé. — Des conclusions sémiologiques ci-dessus, je crois pouvoir, dans le cas présent, ayant éliminé par les formules leucocytaires, les pronostics de bacillose et de spirillose, conclure, étant donné la présence d'acide oxalique, à une évolution néoplasique, qui aurait besoin d'être confirmée urologiquement par le nouveau dosage de l'urée urinaire.

Le Caire, 23 Novembre 1912.

Le Chimiste Biologue,
(Signé) Léon HÉBERT.

Remarque. — Je dois ici faire observer que quand l'analyse du sang indique un état précancéreux, le fait que l'organisme soit porteur d'une tumeur n'implique pas forcément qu'elle est d'origine cancéreuse.

En effet, j'ai pu constater que les gommes syphilitiques, lesquelles ont tant d'analogie avec les néoplasmes cancéreux, se formaient et évoluaient très facilement chez les porteurs de terrains précancéreux. Or, quand l'analyse révèle un terrain précancéreux, il est tout indiqué, en cas de tumeur et dans le doute, de s'assurer si cette tumeur n'est pas d'origine syphilitique. On le reconnaît soit par les procédés de diagnostic quand ils sont possibles, soit par l'institution du traitement spécifique.

Il est du reste à remarquer que les citadins syphilitiques sont de par la mauvaise hygiène inhérente à leur situation, presque les seuls, quand ils se soignent mal, porteurs d'une gomme ; au contraire dans la campagne les habitants qui sont syphilitiques, ayant de par leur situation une vie hygiénique, sont rarement porteurs de gomme spécifique, bien qu'en général ils se soignent peu ou pas du tout.

Il y a donc là une preuve de l'insuffisance hépatique en tant que barrière défensive de l'organisme, insuffisance qui permet la formation de cellules maladives (locus minoris resistentiœ). Ces cellules maladives ne se forment pas quand la cellule hépatique est en état normal d'activité physiologique.

Les récents travaux de Georges Rodillon (de Sens) nous expliquent pourquoi l'on ne peut retrouver facilement et qu'exceptionnellement la forme cristalline micro-chimique octaédrique normale de l'oxalate de chaux, dans les préparations de sang. En effet, étant donné que cette cristallisation ne peut se faire en présence d'un colloïde, substance que le sang renferme toujours en quantité plus ou moins grande, il en résulte que l'oxalate de chaux qu'il renferme ne peut y exister qu'à l'état précipité, c'est-à-dire en poudre amorphe et non cristalline. C'est aussi pourquoi dans une urine qui ne renferme pas de substance colloïde, on observe seulement l'oxalate de chaux à l'état cristallisé sous la forme octaédrique. Mais si l'urine renferme un ou plusieurs colloïdes fournis par les osazones et les corps de la série purique, l'oxalate de chaux y sera précipité à l'état amorphe. Si cette poussière amorphe rencontre au sein de l'urine certains microbes ciliés, condition essentielle pour que la sédimentation puisse se faire, ces microbes ou infusoires ciliés seront en quelque sorte pétrifiés au sein même du liquide urinaire.

Ces diverses pétrifications par associations diverses donnent avec l'oxalate de chaux, comme du reste avec les carbonates, phosphates, sulfates calciques, urate d'ammoniaque, etc., des formes plus ou moins géométriques et originales, parmi lesquelles on remarque le plus souvent les boules radiées, les haltères, l'éventail, le double éventail, le pinceau, le sablier, etc. Ainsi s'explique ce poly-morphisme cristallin considéré jusqu'à présent comme étant d'origine chimique, tandis qu'il n'est réellement dû qu'à un effet physique accidentel.

Concluons. A l'inverse de ce qui est généralement admis que le *cancer n'est pas une maladie de tout l'être*, nous soutenons au contraire, que le *cancer est une maladie de tout l'être*, une maladie constitutionnelle, une maladie générale par vices multiples de la nutrition qui créent la diathèse hyperacide primitive devenue ensuite, souvent par défaillance des organes de la nutrition, diathèse hypoacide ; c'est-à-dire une maladie individuelle acquise directement ou par prédisposition héréditaire, *enfin une maladie dans le sang.*

Je ne suis pas sans me douter du tollé général que soulèvera cette conception qui depuis dix ans m'est particulière. Elle est solidement établie, basée, commentée et vérifiée par les résultats de mon expérience de vingt années d'analyses médicales. Cette conception va à l'encontre de presque toutes les doctrines hypothétiques admises qui font la base des recherches étiologiques sur la formation des néoplasmes et le fond des traitements multiples

institués du reste, jusqu'a présent, sans grands résultats, malheureusement.

Notre organisme se compose d'une série de cellules qui sont
autant d'organismes vivants, ayant une existence et faisant partie
d'un être. Ces cellules ont donc une existence individuelle et une
existence collective. Si une modification dyscrasique par toxihémie vient à perturber le dynanisme cellulaire en créant une dés-
harmonie cachectique tissulaire, on verra se former à la suite
d'un choc, d'un coup, d'un heurt ou d'une simple irritation toxique ou mécanique continuelle, au point contus ou irrité, un néoplasme (épithéliomes, sarcomes, sarco-épithéliomes, chondromes,
lymphadénomes, etc.) qui sera le résultat et non la cause d'une
acrimonie du sang par insuffisance hépatique.

D'autre part, je puis établir, ce qui du reste vient corroborer
ma manière de voir ci-dessus expliquée en détail :

1° Qu'il y a possibilité de pouvoir dans certains cas beaucoup
plus nombreux qu'on ne le croit, pronostiquer la formation pro-
chaine ou affirmer la présence d'un néoplasme insoupçonné dans
certains tissus profonds, là où l'examen médical ne peut en établir
le diagnostic ferme et ceci simplement :

(a) par l'analyse comparée des dosages des éléments normaux
et anormaux éliminés dansl'urine totale des vingt-quatre heures,
suivant la méthode de Gautrelet de Vichy (j'ai pu le faire plusieurs fois dans ma pratique);

(b) par l'analyse du sang suivant mes recherches exposées
ci-dessus et qui montrent que la composition chimique ainsi que
la forme des éléments histologiques présentent des anomalies
caractéristiques de l'état sanguin dans l'évolution néoplasique et
pré-néoplasique.

2° Que le cancer se rencontre surtout chez les carnivores et les
suralimentés et qu'il est très rare chez les omnivores, herbivores,
rongeurs, oiseaux, enfin chez tous les vertébrés, mêmes les inver-
tébrés et dans les végétaux, nous disent les auteurs.

3° Que l'aggravation de l'état général dans beaucoup de cas de
cancers semble indépendante de la tumeur.

Si l'on peut, pour l'expliquer, faire intervenir les produits sécré-
tés par les cellules cancéreuses, les mêmes phénomènes s'obser-
vent après l'ablation de la tumeur, même en l'absence de toute
récidive.

Il est difficile de ne pas admettre dans ces faits *une maladie
générale et indépendante de la tumeur*.

Or, cette maladie est, ainsi que je l'ai expliqué biologiquement plus haut, due, suivant mes recherches hématologiques et urologiques, à une modification du plasma sanguin d'origine oxalurique et arthritique par insuffisance hépatique. En effet, biologiquement, on peut établir une relation entre le cancer et les affections du groupe oxalurique et arthritique (migraine, hémorroïde, lithiase biliaire, gravelle, dyspepsie, emphysème pulmonaire, etc.).

De même l'âge des malades, l'influence des causes morales déprimantes, du froid humide, etc., se retrouvent dans l'étiologie du cancer et du rhumatisme chronique. Les névralgies et névrites qu'on observe dans le décours du cancer en sont souvent la suite et l'exagération (toxémie);

4° Il faut encore signaler la relation de certains troubles de la fonction hépatique avec le cancer, troubles provoquant la constipation, les coliques hépatiques, la teinte subictérique, les selles fétides, de couleur mastic, le tout sans que le foie se trouve être le siège d'un cancer secondaire. Signalons aussi et surtout l'oxalurie.

De même pour la goutte, le diabète et les névroses arthritiques;

5° On ne peut attribuer le cancer à une maladie infectieuse, car une maladie infectieuse ne récidive que rarement, ce qui est l'inverse pour le cancer, on peut donc en conclure que ce n'est pas une maladie microbienne infectieuse. Si les injections faites avec les cultures du micrococcus néoformans, qui n'est qu'un coccus polymorphe de la peau, modifié par son habitus (Metchnikoff), semblent dans certains cas, amener une amélioration néoplasique, cela est très probablement dû aux antitoxines microbiennes injectées, qui neutralisent plus ou moins les leucomaïnes cancéreuses, tout comme la sérumthérapie antidiphtérique amène une amélioration quand elle est pratiquée chez un diphtérique ou chez le porteur d'une autre maladie infectieuse (exemples multiples); amélioration due, non aux anticorps injectés, mais à la constitution chimique du sérum lui-même qui, en dehors des antitoxines spécifiques, renferme des antitoxines générales pour la défense de l'organisme.

On a, en effet, vu quelquefois l'heureuse influence exercée par certaines maladies infectieuses sur la marche des néoplasmes : par exemple, un érysipèle accidentel a pu, parfois, enrayer l'évolution du cancer. De même après la variole, après les injections de Coby et Roberts (streptocoque associé au bacillus prodigiosus). Mais ces améliorations ne se font sentir que sur les sarcomes et restent sans effet sur les carcinomes et épithéliomes qui, étant riches en lipoïdes, neutralisent eux-mêmes leurs leucomaïnes cancéreuses. On a observé, disent les auteurs, quelquefois des guérisons spontanées du cancer quand l'état général du malade s'est amélioré pour une cause ou pour une autre, et spécialement quand l'état hépatique a pu de mauvais devenir bon, ce qui a permis à l'organisme de lutter victorieusement contre la formation d'un séquestre et de ses conséquences. De même qu'un tuberculeux peut guérir quand le foie est bon, de même un syphilitique ou le porteur d'une maladie générale microbienne ou non, se rétablira d'autant plus vite et plus complètement que le foie sera en meilleur état de fonctionnement pour assurer l'auto-défense de l'organisme.

Par contre, quand l'état hépatique est insuffisant, c'est ce qui arrive, du reste, tout spécialement chez les enfants nés de parents alcooliques ou arthritiques, porteurs de foie fragile et souvent insuffisant, on observe que les irritations répétées mécaniques ou chimiques, des téguments ou des orifices naturels, ainsi que l'ulcère, le lupus, les cicatrices, les leucoplasies, peuvent facilement et souvent dégénérer en cancer, du fait que les cellules ne reçoivent plus les éléments de défense en quantité suffisante pour lutter victorieusement contre la cause qui a créé la désorganisation cellulaire. Plus haut, j'ai expliqué que les cellules hématiques maladives *(déformées et intoxiquées)*, ne pouvaient éliminer les cellules séquestres prénécrosées, ni les leucomaïnes sécrétées par ces cellules, comme cela a lieu en général pour un terrain non cachectisé.

En effet, les travaux des professeurs G. Lemoine et E. Gérard, pour la France et de beaucoup d'autres savants étrangers nous apprennent que l'auto-protection de la défense de l'organisme peut être schématisée ainsi :

On doit considérer le foie comme le centre de la défense de l'organisme, car c'est lui qui élabore les antitoxines dont il a besoin. La bile qui les contient et qui les solubilise va inonder la surface de l'intestin où elle se résorbe. Par cette voie, les substances antitoxiques pénètrent dans les systèmes sanguin et lymphatique et vont se diffuser dans tous les organes. Elles accomplissent cette migration sous la forme de substances lipoïdes très vraisemblablement. Les phosphatides, dont on a signalé le rôle hémolytique remplissent ici une fonction utile en favorisant le passage des lipoïdes à l'état colloïdal sous lequel leur diffusion et leur action doivent être augmentées ; ce qui permet à la lécithine des lipoïdes de se fixer, de laquer, en quelque sorte, le poison qui est rendu inoffensif par la cholestérine des lipoïdes, en formant avec la toxine un composé complexe analogue à celui qui se forme lorsque l'on additionne une solution alcoolique de cholestérine dans une autre solution alcoolique de digitonine (saponine).

Ces antitoxines ainsi véhiculées par les lipoïdes entrent dans la constitution des divers organes dont elles assurent la protection contre les agents pathogènes. C'est ainsi, par exemple, que les lipoïdes des poumons, très exposées aux infections venant de l'extérieur, sont très riches en lipoïdes actifs, de même pour la prostate, qui est située sur le chemin des infections urinaires ascendantes et de même pour les centres nerveux.

Or, si le foie lipolytique vient, par suite de surmenage, à ne plus produire la quantité de lipoïdes nécessaires à assurer l'auto-protection de l'organisme, il y a faillite de cette défense. Les séquestres intra-cellulaires, formés par choc ou irritation, n'étant pas phagocités, à cause de l'insuffisance de cytase contenue dans les macrophages, lesquels se trouvent en état d'infériorité pour les raisons expliquées plus haut, chaque fois que les fonctions du foie sont insuffisantes, il y a donc (pour employer l'ancien mot) chimiotaxie négative. D'autre part, les leucomaïnes cancéreuses élaborées par ces cellules séquestres ne sont pas éliminées du fait qu'elles ne peuvent se combiner à la cholestérine des lipoïdes antitoxiques sanguins qui sont en diminution vu l'insuffisance hépatique (hypocholestérinémie). Dans le cas où le cancer a pu guérir spontanément, c'est qu'il y a eu amélioration hépatique et, par suite, hypercholestérinémie. C'est pour la même raison que le cancer compliqué de glycosurie doit faire penser à une lésion cancéreuse des cellules nerveuses ou du pancréas ou encore à une lésion du foie glycogénique concomitante à une lésion du foie lipolytique.

De même une forte élimination d'acide urique par rapport à l'azote total doit faire penser à un cancer des organes riches en nucléines (foie, pancréas, etc., etc.), étant donné que l'hypoazoturie est toujours de règle dans le cancer, ainsi que nous l'apprend l'analyse urologique.

D'autre part, les analyses biologiques nous montrent que l'insuffisance du foie lipolytique et souvent aussi du foie urico-poiétique marche au début parallèlement avec la formation plus ou moins abondante de l'acide oxalique et avec l'augmentation des chlorures urinaires. Ensuite l'encombrement tissulaire se produisant, il en résulte une diminution de l'assimilation et surtout de la désassimilation et, de ce fait, le terrain change et le sol primitivement hyperacide devient hypoacide. Or, en biologie nous apprenons que l'acide oxalique, qui n'est que de l'oxyde de carbone condensé est, comme lui, un poison de la cellule animale vivante et tout spécialement des cellules hématiques et nerveuses, ce qui, fatalement, prédisposera au cancer par cachexie cellulaire. De plus, nous apprenons aussi que l'acide oxalique prend naissance pendant l'assimilation et surtout pendant la désassimilation par réduction de l'acide carbonique et par oxydation intra-cellulaire de l'acide urique et surtout des corps gras chez les sujets où il y a ralentissement de la nutrition et des oxydations générales de désassimilation. Or, par le raisonnement, l'on comprend que quand les foies lipolytique et uricopoiétique fonctionnent normalement, il se forme dans l'organisme, surtout quand l'hématose est déjà défectueuse, des quantités d'acide urique et oxalique proportionnelles au poids du sujet, suivant son coefficient adipomusculaire. Mais, par contre, si l'un des deux foies et à plus forte raison quand les deux foies fonctionnent mal, les quantités d'acide urique et des corps gras augmentant, il s'ensuit que l'acide oxalique, ainsi formé aux dépens de ces deux corps, augmentera à son tour et cachectisera d'autant les cellules de l'organisme et tout spécialement les cellules hématiques.

Cette pathogénie raisonnée de la formation en excès de l'acide oxalique est, du reste, vérifiée par les résultats analytiques urologiques. A la sclérose due à un contact exagéré des tissus par un plasma hyperacide, se substituera alors une modification histologique extra-physiologique, résultant du contact constant avec un plasma alcalin ; d'où dégénérescence résolutive non généralisée, comme dans la tuberculose, mais localisée à un stade veineux exagéré ou à une extra-vasation sanguine réelle.

L'étiologie pathologique nous apprend que le cancer peut envahir tous les tissus et provoquer des métastases dans tous les points du corps, mais que deux éléments sont régulièrement épargnés : les parois artérielles et les cartilages, tandis que les parois des veines sont atteintes. Nous expliquons le fait en faisant remarquer que ces subtances sont comme les poumons, la prostate, les cellules nerveuses, très riches en lipoïdes, riches eux-mêmes en cholestérine (antitoxique) laquelle, par là même, assure une auto-protection énergique de ces organes.

Et maintenant, deux mots sur le poison cancéreux : L'histologie pathologique nous dit que les tumeurs épithéliales et que les tumeurs des tissus cartilagineux sont le résultat d'une irritation chronique et produisent un état cachectique de longue durée. Or, j'ai expliqué plus haut, par la chimie biologique que cela était dû à la composition de ces tissus qui contiennent des lipoïdes riches en cholestérine. En réalité les analyses du poison cancéreux montrent que les tumeurs à tissus fibreux très denses sont peu ou pas toxiques, leurs poisons cancéreux étant neutralisés par la cholestérine abondante dans les lipoïdes de ces cellules.

Les tumeurs constituées par des îlots très végétants de cellules pathologiques enclavées dans un tissu fibreux sont plus toxiques et entraînent la mort lente par cachexie.

Au contraire, les tumeurs à cellules pathologiques très vivantes, dont le tissu fibreux est peu abondant, renferment des poisons violents qui peuvent, suivant la richesse plus ou moins grande en cholestérine de l'organisme, causer la mort immédiate ou aboutir à une mort lente par cachexie progressive.

Tous les poisons cancéreux sont multiples et hypotenseurs (Mme Nicole Girard-Maugin) ; les uns agissent sur la circulation, les autres modifient plus profondément la respiration.

Ces poisons agissent à petites doses comme les ferments ; ils ne dialysent pas et sont de nature colloïdale, ce qui facilite leurs combinaisons lipoïdiques citées plus haut, et c'est aussi pourquoi je préfère le mot physiotaxie au mot classique chimiotaxie.

TRAITEMENT DU CANCER

CURATIF : HÉPATIQUE, LOCAL, GÉNÉRAL,

ET PRÉVENTIF : HYGIÈNE ALIMENTAIRE ET GÉNÉRALE

Au sujet des divers moyens ou traitements à mettre en œuvre pour obtenir le retour de la cellule hépatique à son état plus ou moins prépathologique, le temps seul permettra dans l'avenir de leur donner l'indispensable consécration. Il n'en est pas moins vrai qu'il faut agir, la route à suivre étant maintenant bien éclairée, à mon avis, et de ce qui vient d'être exposé, j'estime qu'il est aisé d'en déduire biologiquement et logiquement le traitement qui doit être curatif, c'est-à-dire, hépatique, local, général et préventif, c'est-à-dire hygiénique, alimentaire et général.

ACTION CURATIVE

Traitement hépatique. — Il a pour but de rétablir, si possible et s'il en est temps, l'équilibre détruit en redonnant aux cellules du foie, qui sont en état plus ou moins avancé de faillite physiologique par surmenage alimentaire, c'est-à-dire par acidose, ou sclérosées par déshydratation alcoolique, en leur redonnant, dis-je, le moyen de se régénérer pour pouvoir : 1° Sécréter à nouveau et en quantité suffisante les éléments lipoïdiques nécessaires à nos tissus afin de les remettre, par suite, en état naturel d'auto-défense victorieuse ; 2° pour qu'elles ne sécrètent plus de poisons hématiques et autres (acide oxalique, etc.)

Pour obtenir ce résultat, il faut choisir parmi les divers produits ayant une action spécifique excitative sur le foie, celui qui donne les meilleurs résultats tant que la cellule hépatique n'est pas complètement atrophiée. Or, c'est le cuivre, et lui seul, qui, par son action lente, mais active et sûre permet de voir la formule hématique se rapprocher peu à peu de la normale et la courbe urologique se relever et redevenir normale également. Ce que je n'ai pu observer avec aucun autre médicament.

Il convient d'employer le cuivre à l'état colloïdal, qui a l'avantage, sur les autres formes, d'être moins nocif et moins douloureux (les injections de sels métalliques solubles étant toujours très douloureuses). L'injection intra-musculaire est suffisante. Le cuivre possède, en effet, une action excitatrice et rénovatrice spécifique des fonctions de la cellule hépatique, car il a été remarqué d'une façon générale que certaines substances qui avaient une action curative plus ou moins prononcée sur les affections du foie avaient une action curative sur le cancer. C'est ainsi que tout dernièrement on a obtenu de très bons résultats de décancérisation en traitant, avec un colloïde de protoxyde de cuivre hydraté, des cancéreux porteurs de néoplasmes divers. Or, en chimie toxologique on apprend que la localisation du cuivre est dans le foie et s'élimine par la bile. Il est alors très probable que selon notre théorie, le cuivre ayant une action excitatrice sur la cellule hépatique, elle peut de ce fait sécréter des lipoïdes qu'elle ne sécrétait plus et assurer ainsi à nouveau une auto-protection énergique de l'organisme. C'est très probablement grâce à cette sécrétion abondante de lipoïdes que Burq a aussi observé que l'absorption lente de petites quantités de cuivre procure une immunité relative contre certaines maladies toxihémiques et notamment contre le choléra, ce que j'ai du reste moi-même observé pendant le choléra de 1896 au Caire. Le Dr Gaube nous a fait connaître l'action bienfaisante des eaux de Saint-Christau cuivreuses contre les cancers de la langue et de la peau et l'action de certaines levûres préparées dans des appareils en cuivre contre le cancer du sein, actions bienfaisantes qui paraissent être dues à un apport dans l'organisme des lipoïdes qui y manquaient par insuffisance hépatique. Bourneville a employé le sulfate de cuivre, ammoniacal contre les affections du système nerveux et en a obtenu de bons résultats, très probablement encore grâce à l'apport des lipoïdes qui y manquaient toujours par faillite plus ou moins avancée de la cellule hépatique.

Au début il faut aider la cellule hépatique en introduisant dans l'organisme artificiellement les substances qu'elle ne peut sécréter jusqu'au rétablissement des fonctions normales de la cellule hépatique.

C'est le même principe appliqué par MM. G. Lemoine et E. Gérard qui ont obtenu de bons résultats dans le traitement de la tuberculose à l'aide des lipoïdes biliaires, tout comme, du reste, on obtient de bons résultats en médecine opothérapique depuis que l'on se sert du fiel ou bile de bœuf, de notre ancien classique

Codex, que le nouveau a jugé bon de supprimer (? !). Nous pensons qu'il y a tout lieu d'espérer de bons résultats dans toutes les maladies infectieuses où il est nécessaire de contrebalancer l'action des toxines microbiennes ou encore quand il faut lutter contre l'introduction dans l'organisme, de leucomaïnes végétales ou contre l'introduction par morsure de leucomaïnes animales (venins divers). On sera en droit d'attendre un secours énergique de l'apport dans l'organisme de lipoïdes antitoxiques, qui joindront leur action adjuvante à celle des lipoïdes qui existent déjà, mais dont la quantité est insuffisante parce que le foie est défaillant ou parce que la virulence de certaines toxines microbiennes ou de certains venins est extrême. Ces derniers peuvent dans certains cas être neutralisés par l'action d'un générateur d'oxygène diffusible comme le permanganate de potasse, en injection intra-musculaire.

Au début de ces lignes sur le traitement quand je parle du cuivre pour son action spécifique excitatrice de la cellule hépatique, je n'entends pas dire qu'il doive toujours guérir et faire disparaître les néoplasmes ; mais, j'entends affirmer qu'il amène *toujours une amélioration très marquée de l'état général et que cette amélioration quand elle se produit à temps, entraîne la disparition du néoplasme.* C'est pourquoi je ne saurais trop conseiller à ceux qui, dans leurs ascendants ont eu des cas de cancer et à tous ceux dont le coefficient adipo-musculaire est supérieur à la normale, de faire analyser de temps à autre leur sang et leurs urines et de se soumettre toujours au régime préventif indiqué plus loin et basé sur l'hygiène alimentaire et générale.

Traitement local. — Il consiste à désintoxiquer les cellules néoplasiques maladives pour qu'elles puissent bénéficier plus rapidement et plus complètement des apports naturels hépatiques, des produits décancérisant lipoïdiques du foie afin aussi qu'elles quittent plus rapidement la forme néoplasique pour reprendre la forme physiologique, et cela que le cancer soit ouvert ou fermé. L'agent désintoxiquant que j'estime le plus apte à produire le maximum d'effets sous le plus petit volume, sans avoir d'effets secondaires nocifs à redouter, c'est l'iode sous sa forme colloïdale. L'iode par absorption cutanée directe ou mieux par injections intra-musculaires, se combinera directement aux leucomaïnes cancéreuses et en les oxydant, les éliminera à l'état soluble,

par les émonctoires naturels sous une forme neutralisée non toxique, et voici comment :

Si pour une cause quelconque avec un foie surmené et dé-
pourvu de lipoïdes, nos défenses naturelles, l'organisme se sature
de leucomaïnes ou de ptomaïnes comme cela se produit dans le
cancer, ou si cet organisme devient l'hôte d'un microbe pathogène, qui y introduira à son tour ses toxines particulières ou bien
encore si cet organisme reçoit par morsure, piqûres, des leucomaïnes animales comme il en existe par exemple dans les venins,
ces cellules étant préalablement saturées de toxines se trouveront
de ce fait sursaturées. Il s'ensuivra que le liquide céphalo-rachi-
dien, qui inhibe nos cellules centrales nerveuses, y produira des
lésions d'ordre méningitique ou autres.

Il fallait donc dès lors trouver le moyen de faire éliminer ces
toxines ou à défaut de cela, de les faire neutraliser pour les rendre inoffensives. Or, les travaux des toxicologues (Graebner,
Etard, A. Gautier, Gelmi, J. Ogier, etc.) ont montré que l'iode
était le réactif le plus sensible pour se combiner avec les alcaloïdes d'origine végétale ou animale.

C'est ainsi que l'iode sous une forme non nocive, introduit dans
nos cellules, soit par absorption cutanée, soit par injection intra-
musculaire, se combinera peu à peu avec les toxines contenues
dans nos cellules et viendra seconder l'action du foie.

Cette propriété de l'iode électro-colloïdal peut donc être utilisée
chaque fois que l'organisme a besoin d'un secours, surtout si ce
secours doit être urgent, ce qui se produit chaque fois qu'il y a
insuffisance du foie, soit qu'il s'agisse d'une intoxication produite
par des alcaloïdes végétaux ou par des alcaloïdes animaux. En
moins de vingt minutes l'action de l'iode se fera sentir dans toutes
les cellules de l'organisme.

Chimiquement, dans l'un et l'autre cas, il résulte de mes expériences que l'iode se combine directement avec l'alcaloïde pour
former un iodhydrate ou partiellement avec l'alcaloïde et partiellement avec les bases des bisels qui sont en solution dans le sérum
circulatoire à la faveur de l'acide carbonique en excès pour former
des iodates et des iodures doubles solubles et éliminables par le
rein.

Voilà comment je m'explique l'action de l'iode dans la cellule
animale vivante, explication que les résultats de mes expériences
est venue confirmer et démontrer par l'observation des produits
solubles chimiques cristallisés définis qui se forment quand on
fait agir l'iode sous sa forme colloïdale : 1º Sur les leucomaïnes

végétales (morphine, strychnine, cocaïne, digitaline, etc.) ; 2° Sur les leucomaïnes animales retirées de l'urine humaine ou des venins des scorpions et serpents ; 3° Sur les ptomaïnes (tuberculine, malléine, vaccin, sérums, etc.).

Cependant, lorsqu'il est trop tard, les traitements hépatique et local ont besoin d'être secondés par le traitement sanglant, mais seulement quand le traitement hépatique institué sera resté sans résultat appréciable cliniquement sur le néoplasme et en tous cas le traitement iodé devra être continué après l'opération.

Traitement général. — Régénérer la cellule hépatique, désintoxiquer la cellule néoplasique ne suffisent pas toujours, il faut encore souvent faciliter les oxydations qui se font dans les cellules hématiques, maladives, au niveau de la surface pulmonaire pour aider à débarrasser par oxydation ces cellules du poison hématique qu'est l'acide oxalique, en transformant l'hémoglobine le plus possible en oxyhémoglobine oxydante. On arrive à ce résultat par l'exercice forcé au grand air, à la campagne située loin des agglomérations, par la gymnastique et les sports en général pratiqués loin des agglomérations. Diminuer la viscosité du sang par l'acide citrique ou les citrates ou le jus de citron qui sont des fluidifiants bien connus du sang. On permet ainsi au sang de mieux pénétrer dans les dernières ramifications capillaires bronchiques. De plus, quand il est trop tard, employer l'oxygène en inhalation ou en injections intra-musculaires, suivant la méthode du Dr Ramon, ce sera le complément des traitements hépatique et local.

ACTION PRÉVENTIVE

Hygiène alimentaire et générale. — Tous ceux qui sont frappés d'une maladie générale par ralentissement de la nutrition, qu'elle soit acquise ou héréditaire sont très souvent et trop souvent malheureusement des candidats aux cancers localisés après avoir été des oxalhémiques, c'est-à-dire des porteurs de cancers hématiques généralisés, et tout spécialement si dans les ascendants il y a eu des cancéreux ou simplement des diathésiques oxaliques et à plus forte raison s'ils sont eux-mêmes des diathésiques par ralentissement de la nutrition. Nous devons tous, dis-je, suivre pour ne pas être, un peu plus tôt ou un peu plus tard, victimes d'une ou de plusieurs des maladies consécutives à la diathèse par ralentissement de la nutrition, suivre un régime végétarien absolu, les uns pour se guérir de l'état acquis, les autres pour ne pas acquérir l'état dangereux du ralentissement de la nutrition.

Car, non seulement les végétaux pris en quantité normale ne peuvent créer l'acidose, mais bien au contraire, ils aident la fonction de la cellule hépatique par leurs sels alcalins, ainsi que par les traces de cuivre qu'ils contiennent et qui ont été bien mises en évidence par les récents travaux de B. Guérithault. Ces travaux montrent que presque tous les végétaux renferment des traces de cuivre qui varient entre cinq milligrammes et quinze milligrammes pour cent grammes de matière sèche ; l'avoine serait un des plus riches et contiendrait dix-sept milligrammes pour cent grammes.

Le régime végétarien est donc alcalin et il convient même dans quelques cas urgents d'y ajouter encore des alcalins naturels ou artificiels pour activer un peu plus les fonctions de la cellule hépatique. En effet, les derniers travaux du Docteur Gaube montrent que le sang des cancéreux est moins alcalin que le sang normal et qu'il est déminéralisé de douze pour cent au-dessous de la normale pour trois éléments qui sont : le phosphore, le chlore et le sodium.

Ainsi donc le régime végétarien absolu. Ne jamais faire usage de thé, café, ni chocolat et surtout ne jamais prendre de boissons alcooliques et également ne pas fumer sont les règles générales de l'hygiène alimentaire. De plus, il convient de supprimer complètement l'addition de chlorure de sodium à l'alimentation, celui qui est contenu normalement de par les soins de la nature, dans les cellules végétales alimentaires, dans l'eau, dans l'air est largement suffisant pour assurer les échanges intra-cellulaires de nos cellules. Car, en dehors des dangers qu'il occasionne sur certains malades, dont le rein fonctionne plus ou moins bien, dangers qui ont été bien mis en évidence par les travaux de F. Widal et A. Javal, ce produit chimique présente encore le danger d'exciter l'appétit, danger qui devient très grave dans un organisme où les échanges biochimiques intra-cellulaires sont déjà diminués, il ne peut donc en résulter qu'un encombrement cellulaire encore plus grand. Mais de plus, suivant les derniers travaux de A. Desgrez et de Madelle Guende, il résulte qu'un excès de chlorure de sodium, ajouté sans excès d'eau à l'alimentation diminue la qualité et la quantité de l'élaboration azotée. Si l'excès de sel est accompagné d'un excès d'eau, l'élaboration est augmentée comme quantité, mais toujours amoindrie dans sa qualité. Il semble donc bien que, dans tous les cas, un excès de chlorure de sodium diminue la qualité des processus de désassimilation déjà si aberrée dans l'état néoplasique.

Je ne parlerai pas ici, car ce serait sortir de mon cadre, des dangers bien connus pour notre organisme, de la caféine et des purines contenues dans le café, le thé, le chocolat, ni des méfaits multiples de la nicotine et surtout, tout spécialement, de *l'alcool*, tous sont des poisons du cœur, des poumons, etc., et finalement du foie chargé de les détruire.

Les Doukhobors, qui émigrèrent au Canada au nombre de 7.000 environ, pour échapper à la persécution en Russie, sont absolument exempts de cancer. On n'a jamais vu un cas de cancer parmi eux. Or, les Doukhobors sont des végétariens stricts, qui ne touchent jamais au poisson et à la volaille, pas plus qu'à la viande de boucherie. Ils ne font pas non plus usage du thé, ni du café et s'abstiennent absolument du tabac et d'alcool.

Avec ces règles d'hygiène, nous maintiendrons notre organisme en état de résistance normale et il ne sera que rarement l'hôte de microbes pathogènes qui, en tout cas, n'y produiront que des effets bénins, étant donné que notre organisme possède en lui tout le nécessaire suffisant en état physiologique et non diathésique pour assurer lui-même son auto-défense, quand le foie n'a pas été surmené.

Il me plaît d'espérer qu'un jour, qui ne tardera pas à venir, les gouvernements se laisseront guider par des hygiénistes, qui leur démontreront qu'il faut appliquer, pour donner l'exemple aux masses, les règles d'hygiène alimentaire partout où leurs pouvoirs le leur permettront et tout spécialement dans les armées, les hôpitaux et les administrations diverses qu'ils sont chargés d'alimenter.

Ils feront ainsi œuvre humanitaire en sachant vaincre les habitudes acquises qui, malheureusement, aberrent de plus en plus les échanges nutritifs de l'humanité maladive dont la décadence physique s'accroît de jour en jour.

CONCLUSIONS

———

Pour nous résumer, nous rejetons toutes les théories cellulaires, microbiennes et autres, tour à tour lancées, discutées, soutenues, réfutées et, heureusement, abandonnées. Il nous fallait des faits bien établis par l'analyse de chimie biologique raisonnée qui a enfin su résoudre un problème irrésolu jusqu'à ce jour.

Pour nous, il résulte, de ce qui vient d'être développé, que toutes les espèces cellulaires de l'économie, à toutes les périodes de la vie, mais seulement quand la cellule hépatique est en état de faillite physiologique, sont capables, à des degrés divers de fréquence, suivant qu'elles sont plus ou moins riches en substances lipoïdiques d'auto-défense, de donner naissances à des tumeurs néoplasiques à la suite d'un traumatisme ou d'une irritation chronique, mécanique ou chimique. De l'îlot ainsi formé par ces premières cellules lésées et par suite maladives, et qui restent maladives étant donné qu'elles ne trouvent pas dans le sang, du fait de l'insuffisance de la cellule hépatique, les matières lipoïdiques nécessaires à leur rétablissement et rénovation mais, bien au contraire, des matières nocives toxiques (acide oxalique spécialement), de ces cellules malades, dis-je, suintent des leucomaïnes très toxiques. Or, cette toxicité, qui est augmentée de la toxicité de l'acide oxalique du plasma sanguin provoquera :

D'une part, la déformation, prolifération et finalement destruction des cellules histologiques hématiques, qui seront ensuite entraînées et arrêtées dans les filtres ganglionnaires, ce qui les encombrera et y créera des désordres hypertrophiant.

D'autre part, les produits liquides suintant de l'îlot des cellules maladives, qui ne peuvent se réparer et créatrices de la tumeur en formation, provoqueront, localement et par inhibition de voisinage, l'augmentation de la tumeur néoplasique en formation et quelquefois par canalisation et inhibition à distance, suivant la conformation des tissus, la formation de nodule ou nouvelle tumeur néoplasique secondaire, là où il y aura stase du liquide nocif toxique, excitant, irritant et sclérosant, telle qu'est la sécrétion leucomaïnique cancéreuse.

Je me résume en disant que le *cancer est avant tout une maladie de tout l'être dans le sang oxalo-toxihémié par insuffisance hépatique avec localisation particulière quelquefois dans certaines cellules maladives de l'organisme qui s'hypertrophient.*

* *

Dans ces pages, je ne critique pas, mais je n'exagérerai rien non plus en disant qu'en parcourant les traités classiques et les autres on est frappé de ce fait, c'est qu'on ne trouve pas dans l'amas considérable de découvertes et de travaux accomplis une idée maîtresse générale servant de guide pour expliquer tous les phénomènes qui se passent en nous. Les auteurs s'attachent uniquement et aveuglément à examiner *in situ* un détail, une manifestation locale considérée *in vivo* comme évoluant seule pour son propre compte et en dehors de toute influence de terrain et d'habitus ? On se demande pourquoi les esprits ont été aveuglés au point de ne pas voir que dans une relation de causes à effets il ne faut pas localiser la ou les causes en un point isolé, mais chercher si cette cause ou ces causes ne sont pas tributaires d'un état général spécial, comment a été créé cet état spécial; si en outre il n'existe pas un agent pathogène spécifique, évoluant sur un terrain favorable, condition indispensable ici comme pour le bacille tuberculeux et d'autres bacilles. On a, il me semble, un peu trop oublié les leçons de Claude Bernard, qui recommandait d'accumuler les faits avant de bâtir des théories.

Du reste, je me propose, d'ici peu, de publier mes observations critiques sur le choix des traitements employés dans la cure de la tuberculose où, à mon avis, le seul traitement rationnel doit être, non pas une suralimentation, mais bien comme pour le cancer, le traitement de la cellule hépatique qui est encore là insuffisante à assurer l'auto-défense de l'organisme, et surtout sur le choix des tuberculines injectées qui sont actuellement presque toutes préparées *in vitro*, au lieu d'être logiquement préparées *in anima;* tout comme le sérum antidiphtérique, par exemple. Il est pourtant bien reconnu que toutes ces tuberculines sont sans propriétés immunisantes ou thérapeutiques très marquées, aucune de ces substances n'en a; la plupart agissent sur l'organisme comme l'ancienne et nocive tuberculine de Koch. Le cheval, animal presque toujours réfractaire à la tuberculose, semble tout indiqué pour préparer une tuberculine devant renfermer réellement des anticorps tuberculeux; tout comme la génisse se trouve être l'animal de choix pour préparer le vaccin antivariolique.

Je souhaite que ces lignes écrites sans prétention autre que de rendre, si possible, service aux multiples malades cancéreux dont le nombre augmente sans cesse, puissent faciliter aux chercheurs autorisés et outillés l'orientation de nouvelles expériences, pour me contrôler et de nouvelles recherches basées sur ce que j'ai moi-même observé et qui pouvait être vu par d'autres qui n'ont pas su voir ou qui, ayant vu, n'ont pas su comprendre. Cependant Debove, Vigouroux, Carrel, Teissier, de Lyon, ont déjà pensé et exposé que l'étiologie du cancer devait reconnaître, comme cause surtout, l'alimentation hyper-azotée chez l'homme comme chez les animaux. Je serais satisfait si mon explication chimico-biologique trouve quelque crédit auprès de ces savants et si elle peut expliquer ce qui est resté jusqu'à ce jour obscur.

Pour terminer et persuadé de ne pas avoir été sophiste, je me résume en disant que de tous les périls qui menacent la vie humaine, le plus à redouter est celui de l'alimentation, et tous ceux qui ne seront pas frappés de daltonisme mental ou intellectuel, comprendront comme moi que : *Manger trop ou manger trop peu sont, en dehors du choix de la composition des aliments, les deux écueils à éviter pour conserver un foie normal ; et la sagesse gît entre ces deux extrêmes.*

Léon HÉBERT,
Hygiéniste.

Le Caire, 1912.